# Recibos atrasados

## J.J. Portilla Ramos

**Titulo: Recibos atrasados**

**2020.**

**De los textos de José Joaquín Portilla Ramos**

**Ilustración de la Portada**

**Flora Westbrook**

**Revisión de texto J.J. Portilla**

**Primera edición**

**ISBN: 9798652552954**

**Cello editorial: Independently published**

# Índice


Prefacio ...........................................................5

Rectángulo ........................................................6

Intacto ...........................................................7

Todos somos .......................................................8

Intolerancia ......................................................9

Pesimismo ........................................................10

La música que olvidamos ..........................................11

Escondite perfecto ...............................................12

Eres digno .......................................................13

Letal ............................................................14

Los criterios del amor ...........................................15

Profecía .........................................................16

Mentiras .........................................................17

Meta .............................................................18

Demencia .........................................................19

Sinónimo de amor .................................................20

La esperanza .....................................................21

Una promesa ......................................................22

Escala de valores ................................................23

**Lo que nunca te demostré**............................................24

**Anarquía de las nostalgias**...................................25

**Estaba casi** .............................................................28

# <u>Prefacio</u>

Un libro es un escaparate lleno de percheros donde se van colgando las ideas, es la armadura metálica del caballero medieval que lucha e impide a toda costa su propia derrota. Un libro siempre va a ser una llave que silencia las limitaciones. Por eso escribo cuando la lealtad me da la espalda y cuando la realidad me encara:

- Escribo siempre que puedo, para no ahogarme en las miserias humanas.

De lejos, suele parecer una pecera de aguas pálidas llena de peces negros y planos que nadan hacia los asombros, diseminando un mar de conocimientos, que proviene de disímiles causes de  experiencias propias o adoptadas, e historias que se complican en cuanto riman.

En estas madrugadas solo destiné la punta de mis emociones en una plantilla de Word explícita y directa.

Reflexiones, poemas, epigramas, destilados por el compromiso de no quedar como idiota delante de ese amor que no asistió nunca a su primera cita.

# Rectángulo

**Nos veremos pronto:**

**En la próxima esquina sin salida.**

# Intacto

Como un fraude sin percibir

Me quedé esperando

Que se despegaran tus labios

En ese brote de melodías inéditas

Que me debías.

## <u>Todos somos</u>

Álgebra oculta entre causas y consecuencias

Una especie de cocodrilo

 que se alimenta de la inocencia de los demás.

Invictos hasta que salen a superficie

la tonalidad de la verdadera apariencia.

# <u>Intolerancia</u>

**El peso de la incredulidad**

**Hundiéndose por sí misma.**

<u>Pesimismo</u>

Desiste, total

De todas maneras

Vamos a morir.

<u>La música que olvidamos</u>

Nos viene a recordar

Que vivo valemos más

Que una parcela de silencio.

# Escondite perfecto

La soledad.

Distancia abierta entre

...la ladera ocupada por los pensamientos

Y un pretexto mudo

Que no se decide a metastizar la garganta.

...como cualquier otro,

Lo que te falta es:

Una buena disculpa.

## Letal

**Sería que**

**Los orgasmos continuasen ebrios de sobriedad.**

# Los criterios del amor

... se revelan desde dentro

Desde ese lugar

Lampiño de previsiones.

## Profecía

Alucinación que acertó en la diana de la realidad.

# Mentiras

**Profecías de los falsos**

**Con elevado porcentaje de aceptación.**

<u>Meta</u>

**Punto medio entre tres pueblos:**

**Determinación, Disciplina y Sueños.**

# Demencia

Una prueba más

De que

Quedan anécdotas en la memoria.

# <u>Sinónimo de amor</u>

**Quiero olvidarte.**

<u>La esperanza</u>

**No cree en milagros,**

**Simplemente**

**Los crea.**

<u>Una promesa</u>

Que nunca bajó por la escalera

Va a aprender subirla.

# Escala de valores

Se establece una oportunidad

Cada vez que desistimos de la indiferencia.

# Lo que nunca te demostré

Quedó sepultado

Entre estas cuatro paredes,

Entre estas páginas blancas

Que separo por coágulos de letras humilladas.

Lo que nunca te demostré cabe

Entre lo que quisiste algún día

Y ya no quieres

Entre una más de tus tantas ganas.

# Anarquía de las nostalgias

**El pasado**

**Tarde o temprano:**

**Se disuelve.**

**Ando y ando**


**Y siempre pienso que Te amo**

**No sé a quién se lo digo**

**Y no me importa que nadie me esté escuchando.**

**Solo sé que lo hago**

**Que lo siento y no me preocupo por**

**Retribución alguna de labios ingratos**

**Mi mente vaga tan lejos**

**Pero demasiado cerca para lo que te amo.**

**Solo sé que la vida de una mariposa**

**Puede resumir el tiempo y sus espacios**

**Solo sé que de tu boca**

**Se espiga la luz nublada del cansancio**

**En el mismo momento que leerás esta carta**

**Ya se habrán despedido**

**Hasta la sombra de nuestros rastros.**

**Solo un silencio de siluetas negras**

Cuando el reloj de arena se ha vaciado.

Y no repetiré más nunca

Que te amo.

<u>**Estaba casi**</u>

**Terminando la estatua del viento.**

**Cuando el aire entró por su espalda**

**y le robó todos sus movimientos.**

**Coagulando la sombra que uniría**

**Labios en una sola sed**

**Llamada beso.**